ESCUELA DE BUSCAPISTAS

Casos ingeniosos para detectives fabulosos

Papel certificado por el Forest Stewardship Council®

MIXTO
Papel | Apoyando la silvicultura responsable
FSC® C117695

Penguin Random House Grupo Editorial

Primera edición: junio de 2025

Travessera de Gràcia, 47-49. 08021 Barcelona
Diseño de la colección: Judith Sendra / Penguin Random House Grupo Editorial

Printed in Spain – Impreso en España

ISBN: 978-84-10396-66-1
Depósito legal: B-6.421-2025

Compuesto en Comptex&Ass. S.L.
Impreso en Gómez Aparicio, S. L.
Casarrubuelos (Madrid)

GT 9 6 6 6 1

T. BLANCH – J. A. LABARI

ESCUELA DE BUSCAPISTAS

Casos ingeniosos para detectives fabulosos

montena

!
Pepa, ¡mira quién está allí!
¡HOLAAA!
Somos Pepa Pistas y Maxi Casos. Aunque creo que igual ya nos conoces.
Y en mi capucha llevo a Mouse, mi mascota.
Tenemos una agencia de detectives llamada Los Buscapistas.
¡Y hemos resuelto un montón de casos!
Basketville News
El castillo encantado
Tesoro
Basketville News
Cueva prohibida
Basketville News
Isla Caimanes
Librero
Basketville News
Recuperada la Mona Louisa

¿Nos acompañas a la Escuela de Buscapistas?
Date prisa, nos están esperando.
¡Hemos llegado!
ESCUELA DE BUSCAPISTAS
Entremos...
Iiiccc

BIENVENIDOS
Veo que Pepa y Maxi te han traído a la Escuela de Buscapistas, ¡je!, ¡je!, ¡je!
Estás en el lugar perfecto para RESOLVER un montón de CASOS.
Pero antes, mi ayudante te dará unas cuantas instrucciones. Sabueso, cuando quieras…
¡Guau! ¡Guau! Los casos se ordenan por niveles de dificultad.
NIVELES
DIFICULTAD
1 Aprendiz → baja
2 Ayudante → media
3 Experto → alta
Lupa
Linterna
Misión extra
Consejo
Pausa
¡Guau! ¡Guau! Estos símbolos te serán de gran ayuda en tus investigaciones.

¡Significa que estás frente a una posible pista! Para investigarla a fondo, ve a la página que indique la lupa.

En alguna parte de la página hay una pista a contraluz.

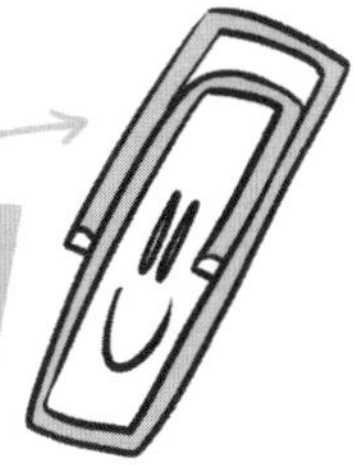

¡Un consejo siempre viene bien!

Prepárate para una misión extra.

Date un respiro antes de seguir investigando.

Al final de cada caso, encontrarás sabuesitos. Anota y suma los sabuesitos de los casos resueltos en la página 94.

Kit de detective

Libreta y lápiz

Para tomar notas de las pistas, de los sospechosos ¡e incluso de tus sabuesitos!

Lupa

¡Si tienes una, no se te escapará ningún detalle!

Espejo

Muy útil para descifrar mensajes que están del revés.

¡Pssst! Anota tus deducciones en la página 92.

NIVEL 1 APRENDIZ

CASO 1 ¿QUIÉN ES QUIÉN?

¡Tu primer caso es elemental!
Pon a prueba tus dotes de observación y descubre QUIÉN ES QUIÉN en la Escuela de Buscapistas.

¡Empareja cada silueta con su personaje!

Águeda Cristin
Escritora de novelas policiacas. Imparte clases de cómo entrevistar a sospechosos para descubrir al culpable.

Becky Angulo
Directora de cine de misterio. Experta en técnicas de disfraz y fotografía.

Monsieur Trace
Científico. Especialista en huellas dactilares y pisadas.

Barbudito
Conserje. Posee una memoria privilegiada, ¡jamás olvida un rostro!

Curry Asecas
Cocinero. Especialista en cocina para detectives.

¡Si has resuelto el caso, suma 5 sabuesitos!

Soluciones en la página 82

Ahora que los conoces a todos...
¡Veamos el
interior de la escuela!

NIVEL 1 APRENDIZ

CASO 2 ¡MOUSE HA DESAPARECIDO!

Localiza a Mouse antes de que caiga en manos de Curry Asecas.

¡El cocinero no soporta a los roedores!

Soluciones en la página 82.

Soluciones en la página 82.

¡Qué suerte! ¡Tu primera noche ha sido emocionante! Compartes dormitorio con Los Buscapistas y te han hablado de sus aventuras. Pero ahora debes desperezarte...
Tenemos clase con la señora Cristin.
¡Sssh! Se acerca alguien...
POM POM POM
Amo a mami
El director Lupita quiere veros.
¿Eh?
Será por Mouse... No debiste traerlo.
¡Síguenos!
¡Toc, toc, toc!
LUPITA
¡Ya la has liado bastante! ¡No salgas de mi capucha!

¡Se ha cometido un robo!
¡Empezamos bien!
Alguien se ha llevado mi lupa más valiosa.
¡Perteneció al mismísimo Sherlock!
¡Guau!
Se refiere a Sherlock Holmes, el famoso detective.
BIBLIOTECA
1
Ve a la página 23.
Sala de disfraces
2
Ve a la página 22.
Laboratorio
Acompañadme...
3
Aula
Ve a la página 22.
4
Ve a la página 23.
W.C.
Tómate tu tiempo e investiga qué hay tras las puertas.

NIVEL 1
APRENDIZ
CASO 3
LA LUPA DE SHERLOCK
Veo objetos muy sospechosos.
00:00

¡Menudo desorden hay en la biblioteca! Está claro que se ha cometido un robo. ¡Busca posibles pistas!
Alguien ha roto la vitrina de cristal y se ha llevado la lupa de Sherlock.
¿A quién pertenecen esas huellas de zapato?
ÁGUEDA CRISTIN

Pepa, Maxi y tú habéis reunido a todos los profesores y al personal de la escuela para interrogarlos. ¡Es hora de descubrir dónde estaban cuando se cometió el robo!

¿A qué hora se produjo? ¡Uno de los relojes de la biblioteca se ha detenido en la hora exacta!

Suma 1 sabuesito si has descubierto la hora exacta.

Solución en la página 84.

Me despertó un ruido fuerte de cristales y salí al pasillo. Pero al no ver nada, volví a entrar en la habitación y continué con la trama de mi nueva novela de misterio.

Me probé unos cuantos disfraces de camuflaje. Al mirar el reloj, me di cuenta de que era muy tarde. Corrí a mi habitación y me metí en la cama, ¡pero olvidé quitarme la peluca del disfraz! ¡Qué cabeza la mía! ¡Ja, ja, ja!

Oh là là! En el momento del robo, bebía agua en la cocina. Al volverme, vi una sombra oscura y monstruosa. Me asusté tanto que se me resbaló el vaso y se rompió. ¡Menudo desastre! Por cierto, no encontré la fregona, ¿dónde está guardada?

¡Regresa a la página 10 y encuentra la fregona!
Cuando la tengas, regresa aquí y sigue leyendo.

Acumula 1 sabuesito cuando des con ella.

Solución en la página 82.

Me he pasado la noche preparando los menús de la semana. ¡Los detectives sois unos tiquismiquis! ¡Para qué quiero la lupa! ¿Para remover la sopa? ¡Es totalmente absurdo!

Ya que estamos todos reunidos, debo decir que no encuentro mi juego de llaves de la escuela. ¿Alguien sabe dónde están?

¡Ve a la página 10 y encuentra las llaves!
Cuando las tengas, regresa aquí y sigue leyendo.
¡Recuerda que solo hay dos juegos idénticos y uno lo tiene Lupita!

Suma 1 sabuesito si las encuentras.

Solución en la página 82.

¡Menos mal que tengo el otro juego! De esta escuela no sale nadie hasta que aparezca mi lupa.

Comprueba las coartadas en la página siguiente.

Comprueba cada una de las coartadas y comienza a descartar sospechosos…
¡Usa la lupa y no pierdas detalle!
Tú.
¡Muy frágil!

Continúa leyendo en la página 24.

LABORATORIO
¡Muy frágil!

AULA
LECCIÓN DE HOY:
DESCUBRE
AL SOSPECHOSO.

Si has encontrado la famosa lupa de Sherlock, suma 1 sabuesito.

Solución en la página 84.

Cuando termines de buscar pistas, regresa a la página 16 y sigue con la investigación.

Tenemos la lupa y sabemos quién la ha robado.
¡Nosotros ya hemos descubierto al culpable!
¡El ladrón ha huido!
?
Pero ¿por dónde?
¡No es posible! ¡Todas las salidas están cerradas con llave!

Solución del caso en la página 84.

NIVEL 1 APRENDIZ

CASO 4

¡EL CÓDIGO Y LA LLAVE!

Soluciones en la página 82.

Pepa, Maxi y tú estáis en el despacho con una misión muy clara: ¡encontrar los 4 dígitos del código de la caja! (El código va de mayor a menor).

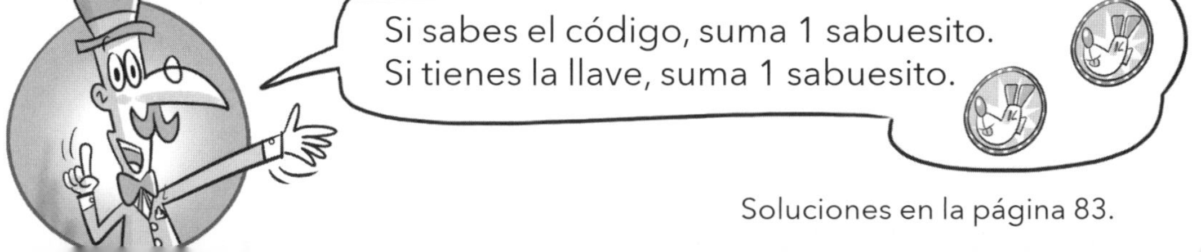

Soluciones en la página 83.

NIVEL 1 APRENDIZ

CASO 5

¡EL LABERINTO SECRETO!

Compara las dos imágenes y descubre las 10 diferencias.

Solución en la página 83.

El busto esconde un botón que abre la entrada secreta.
¡Bajemos!
No sé si me atrevo, ¿y tú?

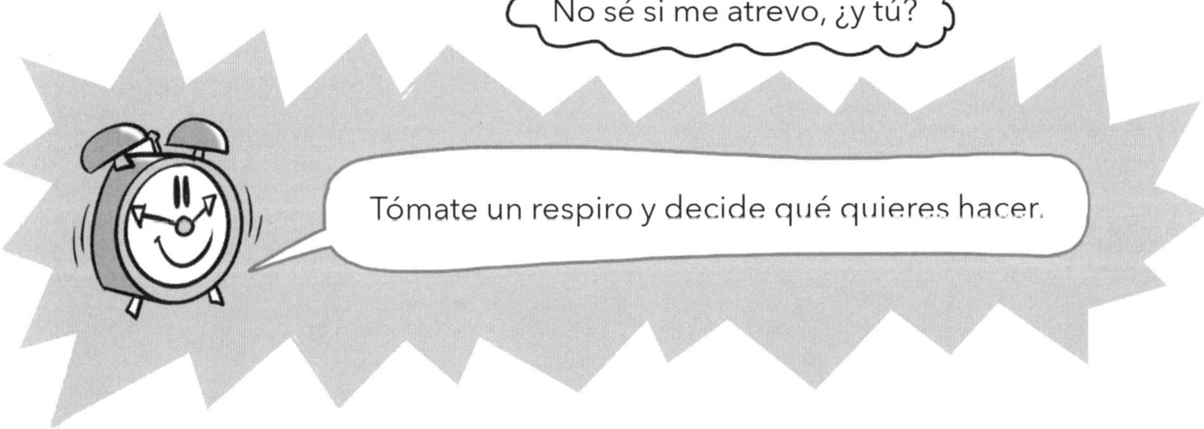
Tómate un respiro y decide qué quieres hacer.

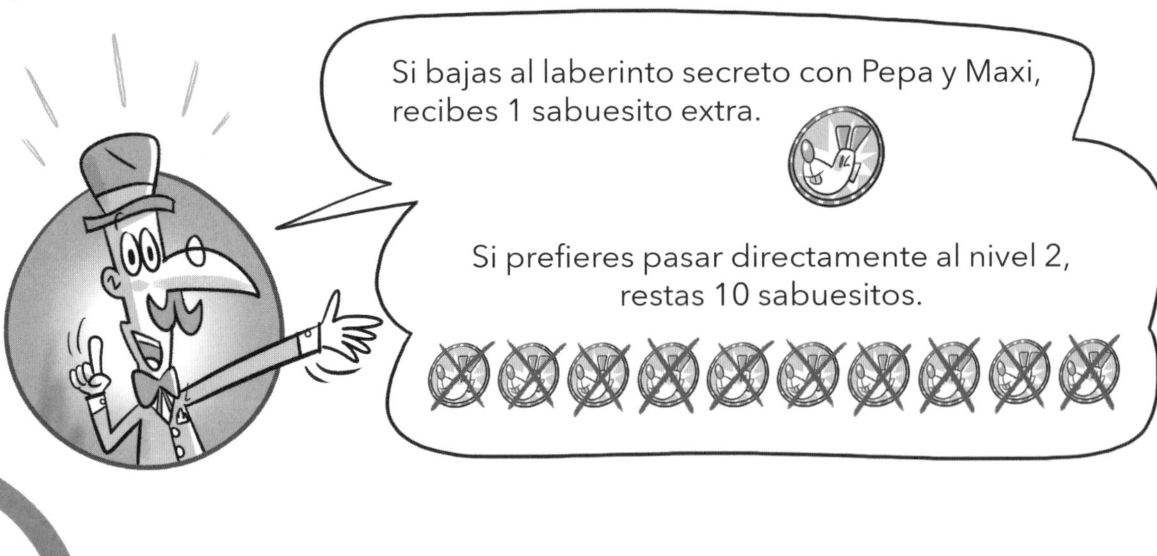
Si bajas al laberinto secreto con Pepa y Maxi, recibes 1 sabuesito extra.
Si prefieres pasar directamente al nivel 2, restas 10 sabuesitos.

Soluciones en la página 83.

Sigue avanzando y busca el camino correcto para llegar a la salida.

¡Mira a contraluz! ¡Seguro que hay una pista del ladrón!

Soluciones en la página 83.

¡LO HAS CONSEGUIDO! ¡HAS SUPERADO EL NIVEL PRINCIPIANTE!
Y ni siquiera has ido a clase…
¡Elemental, mi querida Angulo! ¡Tiene madera de detective!
¿Cómo es posible que no me diera cuenta de que en el laboratorio hay una puerta secreta?
¡Basta de charlas! Os he cocinado un delicioso…
?
¡POM!
¡POM!

Inspector de policía
de Basketville
¡Lamento interrumpir, pero necesito vuestra ayuda!
¡Los villanos han
regresado a la ciudad!

·FICHA POLICIAL·

Charlotte

Célebre por participar en el robo de un famoso papiro que perteneció al faraón Tutanjamón. Se la ha visto junto a uno de los peores villanos de la ciudad. Tiene el vicio de morderse las uñas.

¡Es pura maldad!

·FICHA POLICIAL·

Doctor Musgó

El científico más malvado y loco de todos los tiempos. Sus fórmulas son despiadadas y capaces de destruir el planeta. Tiene alergia a las flores, a los animales y a los dulces, por eso se esconde en lugares aislados. Se desconoce su paradero.

¡Es superpeligroso!

·FICHA POLICIAL·

Barbarota

Es la cabecilla de una importante banda de ladrones de guante blanco dedicada al tráfico de obras de arte. Roba todo tipo de cosas de valor y las vende por sumas muy altas de dinero.

¡Tiene muy buen ojo para los objetos valiosos!

·FICHA POLICIAL·

Clementine

La abuela de todos los cacos. Se dice que es inmensamente rica y que esconde su fortuna en una isla encantada que no aparece en los mapas.

¡Jamás da un paso en falso!

·FICHA POLICIAL·

Lousy

Falsifica perfumes, ropa, libros y los vende en mercadillos.

Es muy nervioso y suele llevar un palillo entre los dientes.

¡Es tremendamente escurridizo!

·FICHA POLICIAL·

Gaby Otta

La ladrona más calculadora de Basketville.

¡Es conocida como «la mujer de las mil caras» porque le encanta disfrazarse!

Lleva tatuado «Amo a mi mami» en el brazo.

¡Es implacable!

·FICHA POLICIAL·

Winkie

Un caco de poca monta. Comete hurtos menores y despista a sus víctimas con trucos de magia.

Suele merodear por los alrededores de teatros y salas de espectáculos.

¡Es muy sagaz!

BASKETVILLE

¡Algunos de los villanos han empezado a hacer de las suyas!

- Si has encontrado el cuadro, resuelve el caso de la página 40.
- Si has encontrado el maletín, resuelve el caso de la página 46.
- Si has encontrado el lingote de oro, resuelve el caso de la página 50.
- Si has encontrado el fantasma, resuelve el caso de la página 54.

¡Recuerda que Barbudito escapó del laberinto y está escondido en algún lugar de la ciudad! Para encontrarlo ve a la página 58.

Cada vez que termines un caso, regresa y elige otro.

¡Cuando los hayas resuelto todos, pasa al nivel 3!

Soluciones en la página 85.

NIVEL 2 AYUDANTE

CASO 1

EL ROBO DE *LAS MININAS*

BASKETVILLE NEWS

Robo en el museo

Un supuesto ladrón ha aprovechado uno de los apagones de esta mañana en la ciudad para robar una de las pinturas de la sala 2 del museo de Basketville. Se trata del valioso cuadro de *Las mininas*, del célebre pintor Didi Velasco. Por lo visto, al abrir las puertas del museo, la obra estaba en la sala. Sin embargo, a la una del mediodía, hora de cerrar, la vigilante dio la voz de alarma al darse cuenta de que el marco estaba vacío. Por el momento se desconoce su paradero y la policía de la ciudad ha pedido la colaboración a los alumnos de la Escuela de Buscapistas.

La sala del cuadro está llena de pistas interesantes...

Primero hay que conseguir la lista de todas las personas que han pasado por la sala.
La sala 2 solo la han visitado cuatro personas.
¿Cómo lo sabe?
Soy la vigilante del museo. ¡No se me escapa nada!
¡Ejem! Se le ha escapado el cuadro… ¡Je! ¡Je!
Grrr… ¿Queréis información o no? ¡Esta es la lista de los visitantes!
No tiene sentido del humor…
· John Brutus
· Katy Pink
· Pietro Gripe (y su perrita)
· Anne Mecachis
¡Síguenos!
¡Veamos qué nos cuentan!
SALA 2

NIVEL
2
John Brutus
He llegado al trabajo a las 8 de la mañana, como cada día. He desayunado con la vigilante y luego he ido en busca del carro de la limpieza. Sobre las 11.45 he terminado de limpiar.
Katy Pink
Estoy escribiendo un libro sobre Didi Velasco y vengo cada día a las diez en punto. ¡Es la mejor hora! Aún no hay nadie y tomo notas del cuadro.
Pietro Gripe y su perrita
¡Conozco el museo como la palma de mi mano! Pero jamás me llevaría nada. ¡Ja, ja, ja! Perdón… ¡Los nervios me dan risa! Me gusta contemplar el cuadro de cerca para ver todos los detalles. ¿Verdad, chucho?
BOLO
¡Grrr!
Anne Mecachis
Trabajo en la cafetería que hay delante del museo. Todo el mundo habla de *Las mininas*, pero con mi horario de trabajo no he podido venir nunca… ¡Hasta hoy! Me gustaría tener ese cuadro en casa, pero... ¡Eeeh, no pienses mal!

Ahora comprueba las imágenes de las cámaras de seguridad. ¿Quién miente? Ten en cuenta los cortes de luz..., ¡quizá haya imágenes algo distorsionadas!

John Brutus

Katy Pink

Pietro Gripe y su perrita

Anne Mecachis

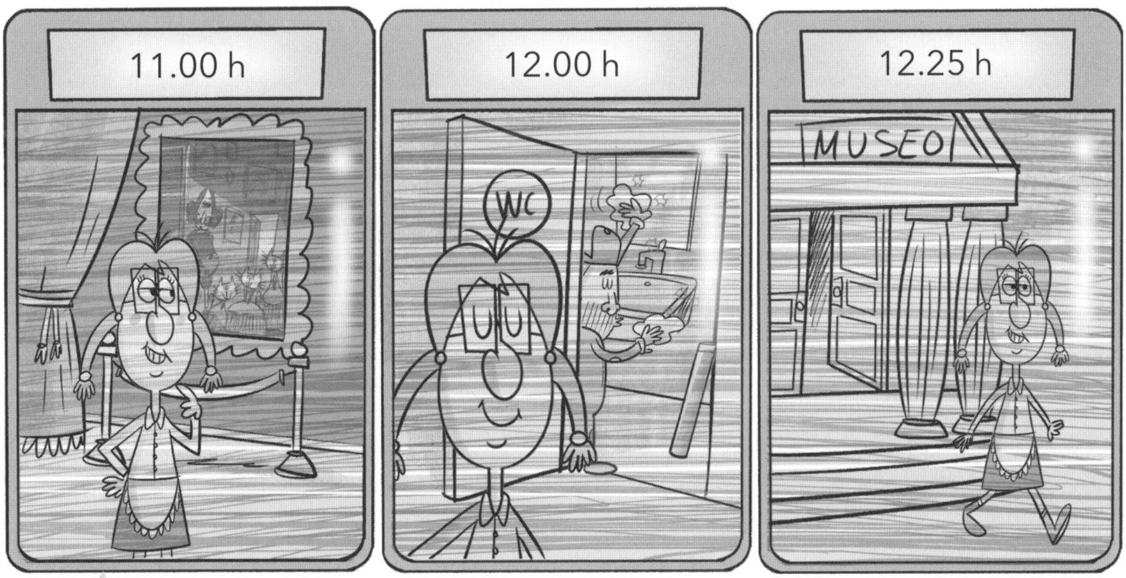

Soluciones en la página 85.

NIVEL 2 AYUDANTE

CASO 2
EL MALETÍN ROBADO

Lo guardé en mi maletín, pero al abrirlo… ¡en lugar de mi novela, apareció esta hoja en blanco! ¡No entiendo qué ha pasado!
¡Pistas!
?
?
Si quieres asegurarte de cómo es el maletín de Águeda Cristin, ve a la página 9 y luego regresa y sigue investigando.

Para resolver el caso, hay que saber por dónde pasó la señora Cristin antes de llegar a la editorial. ¡Observa bien todos los detalles!
Veamos... Salí de la Escuela de Buscapistas temprano para ir en el bus hacia el centro.
Al llegar, me detuve a mirar el escaparate de una librería.
Y entré a saludar al librero.
¿ ?

Soluciones en la página 86.

NIVEL 2 AYUDANTE

CASO 3

ATRACO AL BANCO

Lee las declaraciones de los testigos. ¡Quizá te ayuden a sacar algo en claro!

Tuti Pelas
Directora del banco

El ladrón parecía buena persona. Me pidió que le abriera la caja fuerte. ¿Para qué llevarle la contraria? Ni el oro ni el dinero que hay en el banco son míos… ¡Je! ¡Je!

Asif Ramis
Cliente

Tenía mi altura. Me fijé en las uñas de sus manos, sucias y cortas.

Bartolo Mina
Guardia de seguridad

Cuando me di cuenta de que era un atraco, me hice el muerto. Desde el suelo vi sus zapatillas con franjas negras y cordones. Y creo que también unos calcetines a topos… ¿O eran estrellitas?

Renata Lambert
Clienta

¡Era muy torpe! El pobre, confundió un pisapapeles con un lingote de oro. Le pregunté si necesitaba gafas y me confesó que se las había olvidado en su casa.

Edward Monedero
Cajero

Nos obligó a vestirnos con estos sacos y máscaras. También dijo que cada uno llevara una bolsa de basura. La suya estaba rota… ¡Me temo que perdió los lingotes por el camino!

En el interior del banco, entre clientes y trabajadores, había cinco personas.

Pero salieron seis…

PISTA ADICIONAL

Ve a la página 80. ¿Ves al posible ladrón?

Mientras Pepa y Maxi buscan pistas en el interior de la sucursal bancaria, acércate a la comisaría para la rueda de reconocimiento. Con los datos que tienes, ¡seguro que puedes identificar al ladrón!

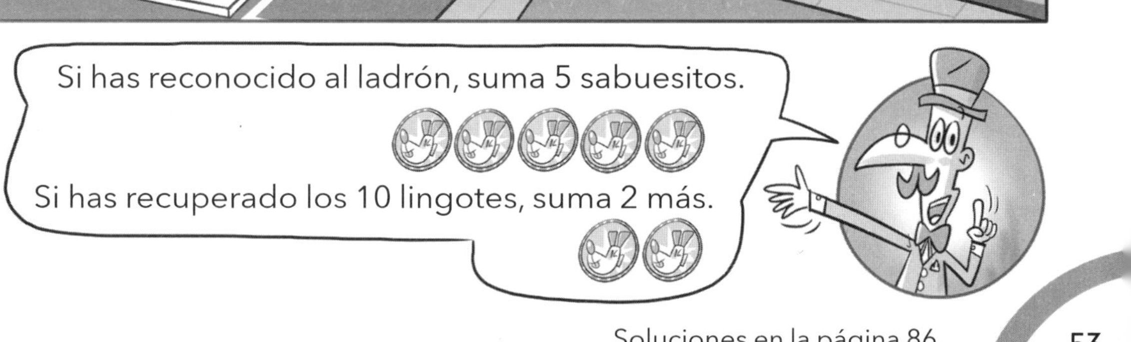

Soluciones en la página 86.

NIVEL 2 AYUDANTE

CASO 4

¡LA CASA EMBRUJADA!

Los recibió mi hermana. La pobre compró una casa abandonada. La primera noche, le pareció ver un fantasma en el pasillo. ¡A la mañana siguiente, encontró el primer anónimo! La segunda, escuchó unos alaridos y recibió el otro anónimo. Ahora está muerta de miedo y quiere irse. Durante el día la casa está tranquila, pero de noche…

Estás ante un nuevo e interesante caso. ¡Vas a tener que sacudirte el miedo y acompañar a Los Buscapistas! Pero lo primero que tenéis que hacer es descifrar los dos anónimos y analizarlos.

Ve a las páginas 36 y 37 y comprueba si coinciden con las de algún villano.

Soluciones en la página 87.

¡Pssst! ¡Hay más de un fantasma! ¿Los ves?
¡Oh, no! ¡He vuelto a perder a Mouse! ¡Encuéntralo!
Si sabes dónde se esconden los fantasmas, suma 9 sabuesitos.

Soluciones en la página 87.

NIVEL 2 AYUDANTE

CASO 5

¡LOCALIZA A BARBUDITO!

Estás en el último caso del nivel ayudante y todavía no has encontrado a Barbudito o, mejor dicho, al villano que se oculta bajo el disfraz de Barbudito. ¡Revisa las fichas policiales y descubre al impostor!

Las últimas informaciones que tenemos lo sitúan en el Hostal Mugre de Basketville.

PISTA ADICIONAL

Ve a la página 80 y descubre el significado de las siluetas.

Soluciones en la página 87.

¡Ya estás en la habitación del falso Barbudito!

PISTA ADICIONAL

Ve a la página 80 y descubre el contenido de la carta.

NIVEL 3 EXPERTO

¡Quién iba a imaginar que en el nivel experto recorrerías el mundo! Solo tienes que elegir dónde quieres ir y, una vez allí, recibirás instrucciones.

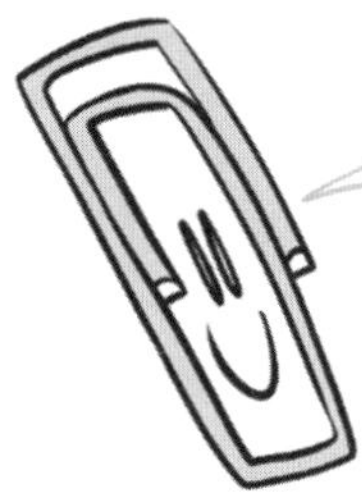

¡Recuerda que Gaby Otta puede estar en cualquier parte!

Si eres de los que le gustan las sorpresas, súbete a un avión sin rumbo fijo.
¡Todos los detalles en la página 62!

¡Vacaciones entre pirámides! Haz un tour por las pirámides más increíbles del mundo.
Para más información ve a la página 66.

¿Prefieres hacer un crucero? Prepara las chanclas y el bañador y salta a la página 68.

Pero si te apetece conocer antiguas civilizaciones y un poco de aventura, muévete a la en la página 72.

Si lo tuyo es la música, asiste al concierto de tu banda preferida en un entorno repleto de rascacielos. ¡Más datos en la página 74!

Cuando finalices un viaje, ¡vuelve aquí para tomar un nuevo rumbo. Resta 5 sabuesitos en caso de que te saltes alguno de estos destinos.

NIVEL 3 EXPERTO

CASO 1

DESASTRE EN EL AIRE

¡Vaya, el avión está casi completo! Pepa y Maxi ya están dentro. ¡Apresúrate o perderás el vuelo!

BILLETE DE AVIÓN

Nombre del pasajero
PEPA PISTAS
Puerta: A33
Asiento 23A

Vuelo
3388KA

Hora 12.15

BILLETE DE AVIÓN

Nombre del pasajero
MAXI CASOS
Puerta: A33
Asiento 23B

Vuelo
3388KA

Hora 12.15

BILLETE DE AVIÓN

Pon aquí tu nombre

Nombre del pasajero

Puerta: A33
Asiento 23C

Vuelo
3388KA

Hora 12.15

Pega aquí tu foto

¡Les habla la comandante Cigüeña! Quiero agradecerles que me acompañen en mi primer vuelo y.... ¡Ups! ¿Dónde está mi hoja de ruta? Sin ella no tengo ni idea de la aerovía que debo tomar. Ya sé... ¡Volaré en círculos hasta que la encuentre!
¡Glups!
¡Quiero bajaaarme!
Menudo viajecito...
¡En este avión hay cucarachas!
¡Me ha parecido ver un ratón! ¡Aaagggh!
RAS RAS RAS RAS
¿Mouse?
Eres detective experto, ¿verdad? ¡Muévete y averigua qué sucede en este avión!

Ayuda a la comandante Cigüeña a localizar la hoja de ruta. ¡De lo contrario, no llegaréis a ninguna parte!

¡Es hora de poner un poco de orden en la cabina de pasajeros! Encuentra:

- 5 cucarachas y a su propietario
- 1 hámster y su transportín.

Solución en la página 88.

Para entrar en la bodega, hay que tener un código de 6 dígitos ordenados de menos a más. ¡Encuéntralo entre los pasajeros y luego corta el cable correcto del artefacto!

TIC TAC TIC TAC TIC TAC TIC TAC

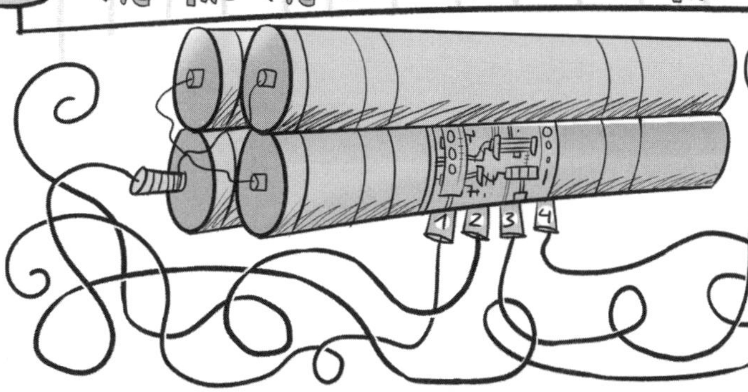

Soluciones en la página 88.

CASO 2

EL COFRE DEL FARAÓN

Solución en página 89.

Ve a la tienda de la página 78 y elige
un disfraz para la ocasión.
El paparazzi tiene fotos del antes y después,
¡descubre quién tiene el cofre y dónde
lo esconde!

Foto antes del robo.

Foto después del robo.

Suma 5 sabuesitos cuando lo hayas resuelto.

Soluciones en la página 89.

NIVEL 3 EXPERTO

CASO 3

¿DÓNDE ESTÁ EL BASTÓN DE ORO?

¡Volvéis a embarcaros en una nueva aventura! Esta vez podréis tomaros un respiro en una fantástica isla desierta. ¡Recuerda que Gaby Otta puede estar en cualquier parte!

¡No estoy en condiciones de navegar! ¿Puedes llevar el barco hasta la isla? ¡Solo hay que seguir las indicaciones del mapa!

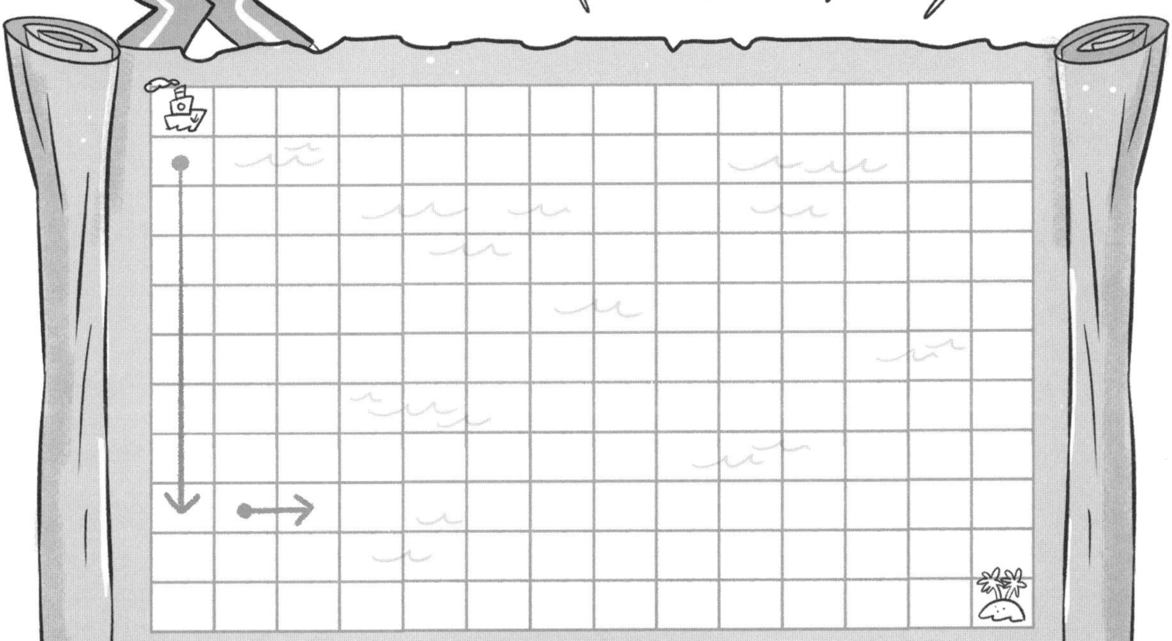

8 abajo.
2 derecha.
3 arriba.
3 derecha.
2 arriba.

4 izquierda.
3 arriba.
11 derecha.
5 abajo.
4 izquierda.

3 abajo.
2 derecha.
2 arriba.
3 derecha.
4 abajo.

¡Si has conseguido llegar a la isla, suma 2 sabuesitos!

Soluciones en la página 89.

¡Qué ganas de explorar la isla!
¡Quieto! ¡De este barco no se baja nadie!
¡Alguien ha robado el bastón de oro y diamantes a mi pasajera!
He visto salir de su camarote a una persona con gafas, el pelo negro, un jersey, pendientes y con una verruga en la barbilla.

UNO DE ESTOS SOSPECHOSOS SE HA LLEVADO EL BASTÓN...
PERO ¿QUIÉN?

Si sabes quién ha sido, suma 5 sabuesitos.

Si has localizado el bastón, suma 2 más.

No olvides recuperar el bastón.
Búscalo en la página 68.

¡Clementine, una de las villanas más buscadas de Basketville, también viaja a bordo! ¡Encuéntrala y suma 1 sabuesito!

Soluciones en la página 90.

NIVEL 3 EXPERTO

CASO 4 LABERINTO MAYA

Unos cazadores furtivos han capturado especies en peligro de extinción. Las esconden en el interior de unas ruinas mayas, en medio de la selva.

Soluciones en página 90.

¡Tienes dos misiones! Primero, observa las cerraduras y busca la llave que va en cada una de ellas. ¡Una vez tengas las llaves, llega a las jaulas y libera a los animales!

Suma 3 sabuesitos si lo has conseguido.

Soluciones en la página 90.

NIVEL 3 EXPERTO

CASO 5

SABOTAJE EN EL CONCIERTO

Te encuentras en una de las ciudades más grandes y bulliciosas del mundo junto a Pepa y Maxi. ¡El concierto no puede empezar porque alguien ha cortado los cables de los micros! ¡Encuentra quién ha sido entre el público!

¡Es tu última oportunidad para atrapar a Gaby Otta!

Por lo visto, durante vuestro viaje os habéis cruzado con Gaby Otta en varias ocasiones… Pero ¿dónde? ¡No olvides que es una experta en disfraces!

Busca estas cuatro imágenes en el libro. Regresa aquí cuando lo hayas hecho y suma 3 sabuesitos.

Soluciones en la página 91.

¡Es hora de sumar sabuesitos!

Si has conseguido más de 5 pero menos de 40 sabuesitos, sigues siendo **APRENDIZ**. Hay bastantes casos que se te han resistido. Pero no importa..., resuélvelos de nuevo y sigue sumando puntos. ¡Tienes madera de detective! ¡Lo veo en tus ojos!

Si has conseguido más de 40 pero no has llegado a los 70, tienes nivel de **AYUDANTE**. ¡No está nada mal! Sigue siendo tan perspicaz como hasta ahora y reanuda las investigaciones que te han costado más. ¡Estás a un paso de conseguir el nivel de experto!

Si tienes 70 sabuesitos, *voilà!* **¡LO HAS CONSEGUIDO!** Puedes abrir tu propia agencia de detectives... o, si lo prefieres, unirte definitivamente a Los Buscapistas.

CEREMONIA DE GRADUACIÓN
¡Plas!
¡Plas!
¡Plas!
¡Plas!
¡Enhorabuena!
¡YA ERES DETECTIVE!
CARNET
TÚ ERES EL DETECTIVE
Otorgado por
Escuela de Detectives Los Buscapistas
Pega aquí tu foto
¡Acompáñanos en todas nuestras aventuras!

TIENDA DE DISFRACES

Escoge el disfraz que más te convenga para cada ocasión. ¡No olvides elegir otro para Los Buscapistas!

¡COMPLEMENTOS!

Calca en un folio a Pepa y a Maxi y los disfraces que más te gusten.
¡Coloréalos, recórtalos y juega a detectives con ellos!

PISTAS ADICIONALES

Página 49.

Página 58.

Página 66.

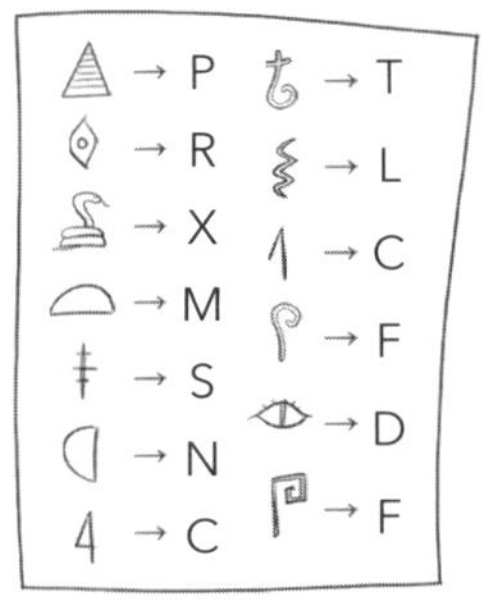

Página 59.

Querido inspector Lupita:
Esta vez no he conseguido llevarme la famosa lupa. ¡Un coleccionista multimillonario estaba dispuesto a pagar una gran suma por ella! Lo volveré a intentar en otra ocasión... De momento, me tomo unas vacaciones; no se moleste en buscarme, sus detectives no me encontrarán jamás. ¡Je, je, je!

Página 51.

Página 64.

Página 64.

Página 65.

Página 64.

Página 72.

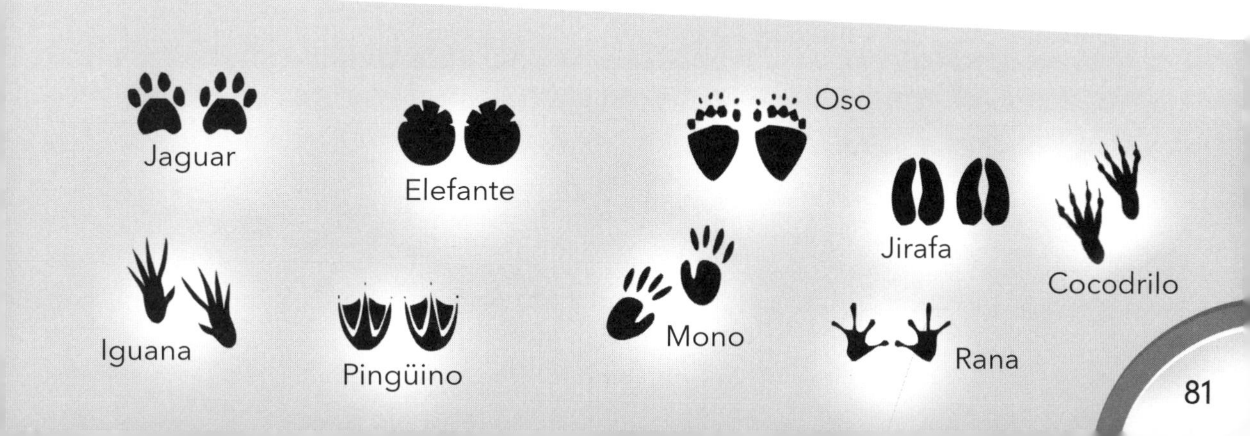

NIVEL 1 SOLUCIONES

Página 9.

Página 12.

Página 21.

Páginas 10-11.

Página 27.

Página 29.

Página 31.

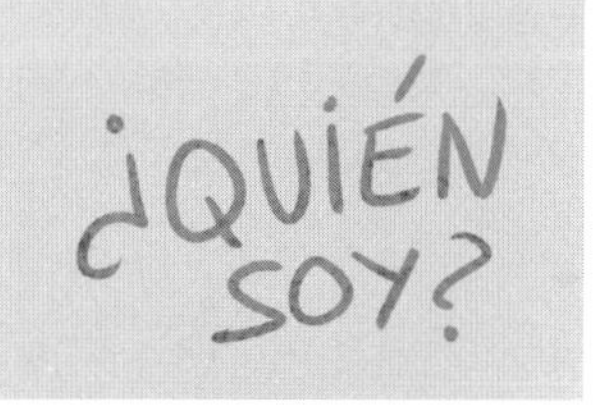

Páginas 32-33.

NIVEL 1 SOLUCIONES

Página 18.

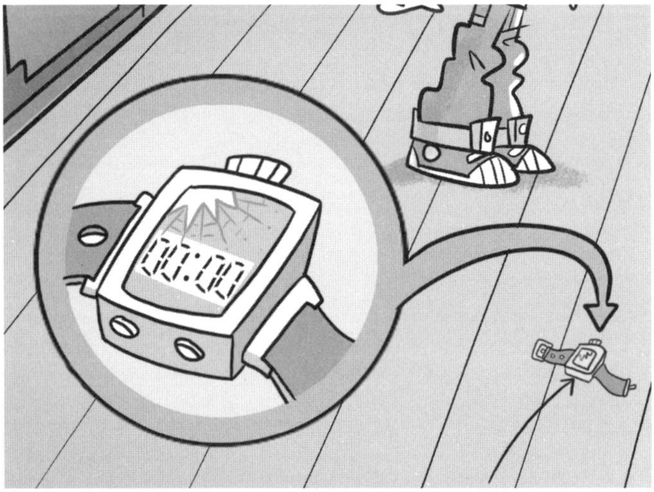

Reloj de Barbudito.

Página 23.

Páginas 20-21.

NIVEL 2 SOLUCIONES

Páginas 38-39.

Páginas 44-45.

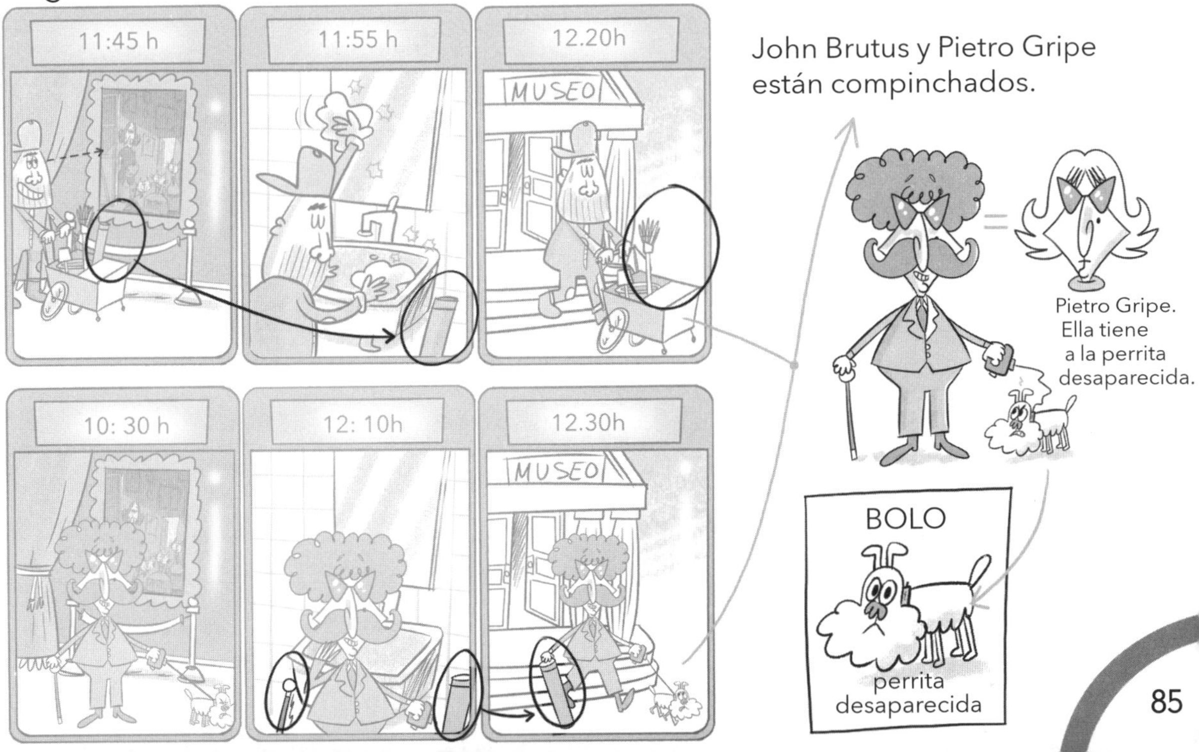

NIVEL 2

SOLUCIONES

Página 49.

Página 53.

Página 55.

«La casa es nuestra»

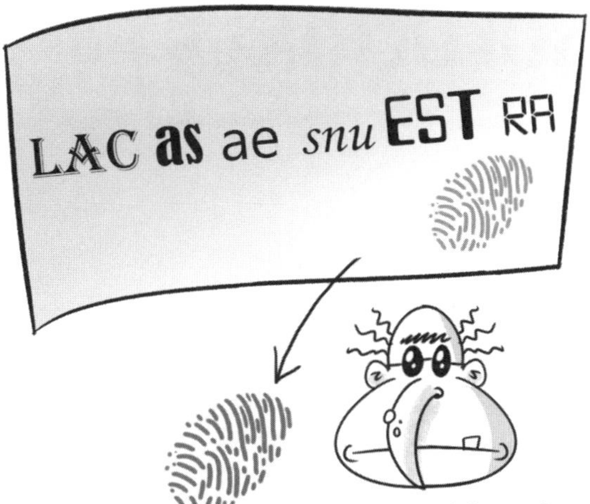

Doctor Musgó.

«¡Huye antes de que sea tarde!»

Charlotte.

Páginas 56-57.

Página 58.

Página 59.

NIVEL 3 SOLUCIONES

Página 65.

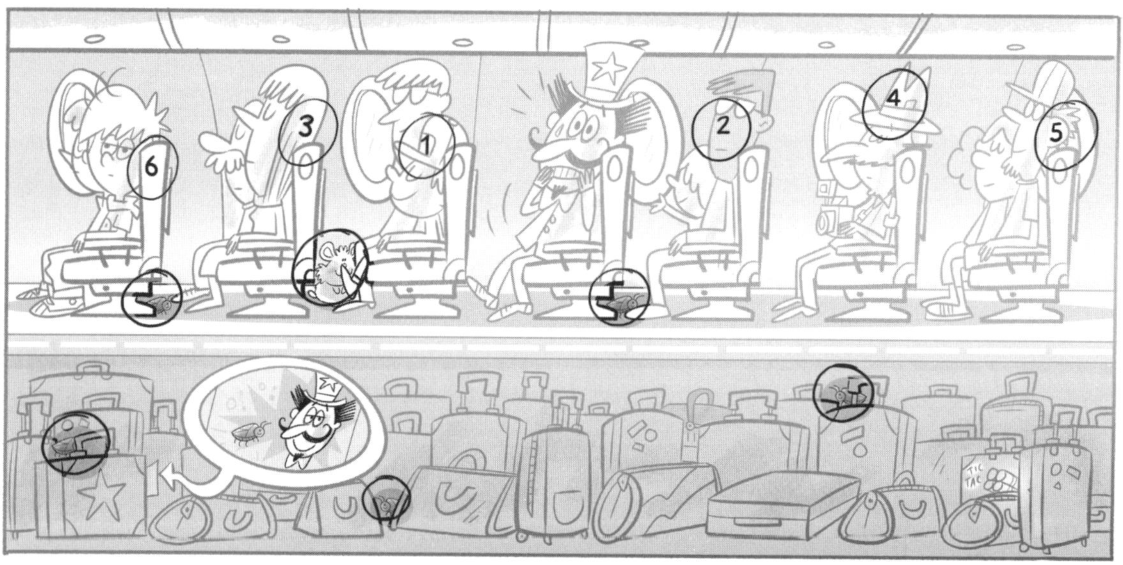

Código para entrar en la bodega: 123456

Cable número 4.

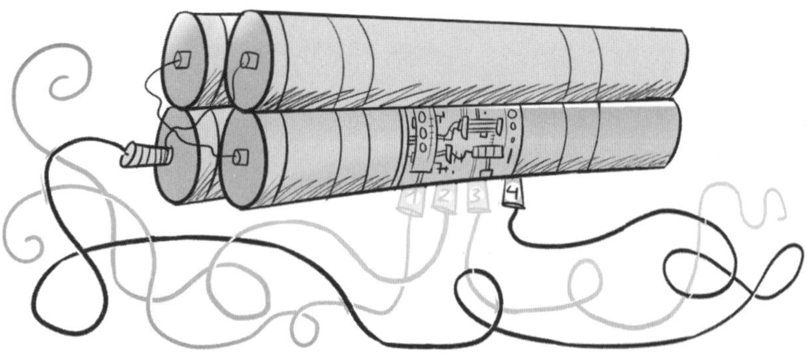

Página 66.

«Próxima misión: Encontrar el cofre del faraón»

Página 67.

Página 69.

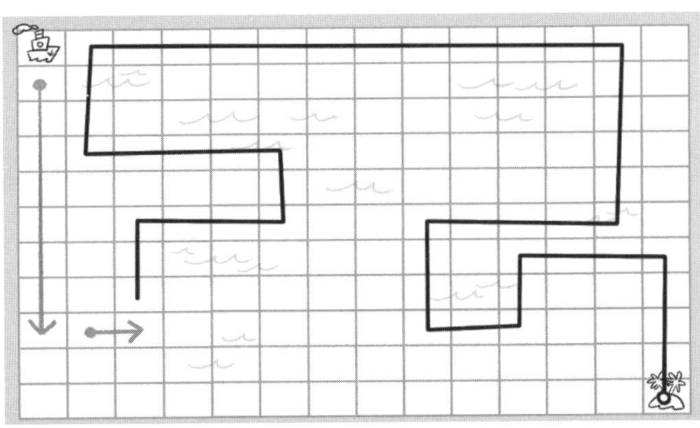

NIVEL 3 SOLUCIONES

Página 71.

Ladrón. Clementine.

Página 68.

Bastón.

Página 72.

Mono. Cocodrilo. Iguana.

Página 73.

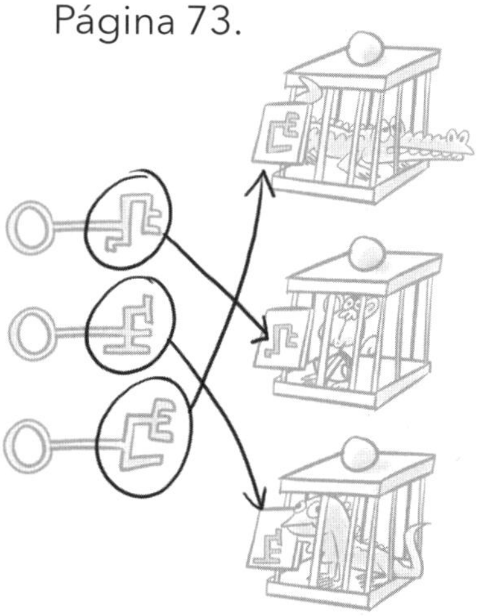

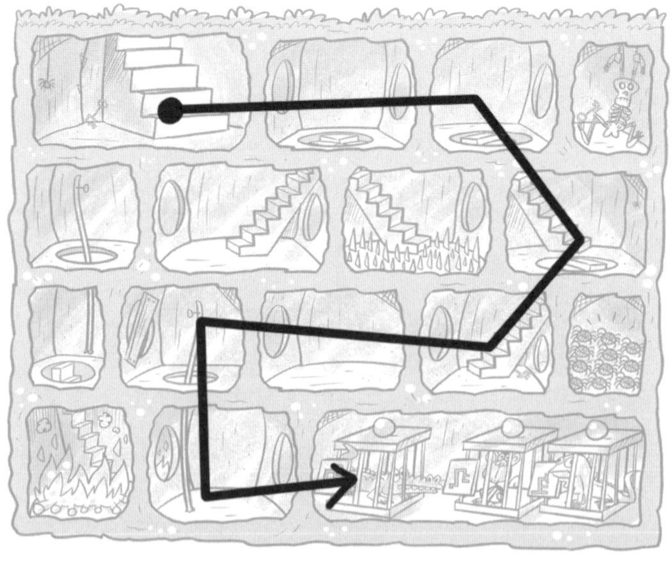

Página 74.

Página 45.

Página 63.

Página 66.

Página 68.

ANOTA AQUÍ TUS INVESTIGACIONES

RECUENTO DE SABUESITOS

NIVEL 1

NIVEL 2

NIVEL 3

TODAS LAS AVENTURAS DE PEPA Y MAXI...